歯《は》っかけアーメンさま

薫くみこ・作　かわかみ たかこ・絵

理論社

「わっこ、おやつよ。こっちに　いらっしゃい。
おばあちゃんの　つくってくれた、
ドーナツが　さめちゃうわ。」
ゆらゆら　ゆれる　しだれざくらに　すっぽり
つつまれ、わっこちゃんは、じっと　しゃがんでいる。
……ように　みえるけれど、わっこちゃんは
さくらのふねに　のっている。
だから、わっこちゃんの　みみのなかは、かぜと
なみの　おとで　いっぱいで、ママの　こえは
きこえない。
わっこちゃんを　のせた　ふねは、ゆっくり　ゆっくり

すすんでいく。
かげが　ゆれると、わっこちゃんも　ゆれる。
ゆうら　ゆうら　さわわわわ……。

……と、そのときだった。

「わあっこ！」

あたまのうえで、ママの　おおきな　こえがして、

「ひゃあっ。」

と、わっこちゃんは、しりもちを　つき、
さくらのふねから　ころげおちた。

そんな　ふたりを　みて、おばあちゃんは　わらう。
「たまに　あそびにきたんだから、
すきにさせてあげなさいよ。」

「とんでもない。　わっこは、　いつだって　こうなのよ。
ようちえんでも　すきかってばかり　して、
こまっちゃってるんだから。」
ぷんぷんしながら　ママは、ながしにわっこちゃんを
つれていき、　わっこちゃんの　てを、
ごしごし　あらった。
おやつが　すむと、
わっこちゃんは、
おばあちゃんと
おしゃべりを　して、
おえかきを　した。

それから、三《さん》にんで　かいものに　いった。
おさんぽがてら　あるいているうち、えきに　でたので、
きょうは　バスではなく、わっこちゃんと　ママは、
でんしゃで　かえることに　した。
あまり　でんしゃに　のったことの　ない
わっこちゃんは、どこを　みても　わくわくした。
しらない　マーク、おおきな　こうこく。
あっちにも　こっちにも　ある　かいだん。
「ママ、エスカレーターも　あるよ。」
わっこちゃんが　たちどまるたびに、ママは　いった。
「きょろきょろしないで、まっすぐ　あるいてね。」

anpukuya
みの駅改札口
の公園入口
manpuku
manpuku

でも、えきの　コンコースの　はしらの　ねもとに、
さんかくぼうしの　おじさんを　みつけた　わっこちゃんは、
おもわず　ママの　てを　ひっぱって　いった。

「ママ、ママ。あんなとこに　おじさんが　ねてるよ。」

「きょろきょろしないの。まっすぐ　あるいて。」

ママは、はやくちで　くりかえした。

そして、

「だって……。」

と、いいかけた　わっこちゃんは、（あれ？）と、おもった。

さんかくぼうしを　かぶった、ちゃいろっぽい
おじさんは、わっこちゃんには、はっきり　みえる。

でも、ママだけじゃなく、そこを　とおっていく
たくさんのひとたちの　だれひとり、おじさんを　みない。
おじさんが　いることに　きづいていないみたいなのだ。
わっこちゃんは、おどろいた。
（もしかして？）
と、はっとした。
（そうなの!?　みえないの、みんなには？）
そして、おばあちゃんが、さっき　はなしていたことを
おもいだした。
「わっこは、あかちゃんのとき、わたしたちには
みえないものが　みえていたみたいだったのよ。

うえきばちに　わらいかけたり、てんじょうを　みて、
てを　ふったりして。」

「やだ、きもちわるい。
わっこに　へんなこと　いうの　やめて。」
「きもちわるくなんか　ありませんよ。
はんぶん　てんしの　あかちゃんだから　みえたものよ。
いいものに　きまってるじゃないの。」
「いいものって　なに？」
おもわず　のりだして　きく　わっこちゃんに、
おばあちゃんは　くびを　かしげた。
「さあねえ……。わからないけど、おばあちゃんは、
わっこを　まもってくれる、
かみさまみたいなものだと　おもってるわ。」

わっこちゃんは、「うん。」と、うれしくなって
うなずいた。
けれど、いまは　もっと　つよく、「うん　うん　うん
うん。」と、うなずいた。
そして、わくわくしながら、わっこちゃんだけに
みえる　おじさんに　いった。
「ありがとう。
わっこ、ちゃんと
ママから　はなれないで
でんしゃに　のるから、
しんぱいしないで。」

すると、ママが「なに？」と、ふりかえった。
「どうしたの？　あら　やだ、ほっぺが　まっかよ。
あついの？」
と、きかれたけれど、ううん、と、くびを　よこに
ふって、そのまま　ずっと、わっこちゃんは
どきどきしながら　でんしゃに　のって　いえに
かえった。
そして　つぎの　あさ、ようちえんバスに　のると
すぐ、おともだちに　じまんした。
「ねえねえっ。わっこね、きのう、だれにも　みえない、
さんかくぼうしを　かぶった、ちゃいろい　おじさんが

みえたの。」
はなの　あなを　ふくらませ、むねを　はって、
みんなが　すごーい、と　かんしんして、いろいろ
きいてくるのを　まった。

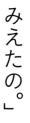

ところが、みんなは、「え？」「おじさん？」と
ぽかんとしている。
よく　きこえなかったのかしら？と、くりかえそうと
したら、ももかちゃんが　ぽつりと　いった。

「……よかった。ももか、そんなの　みえなくて。」
わっこちゃんは、めを　まるくした。
なんで？と　びっくりした。
そりゃあ、わっこちゃんだって、「おじさん」より、
「ようせい」や「こびと」が　みえたほうが、いいとは
おもう。
でも、「みんなには　みえないものが　みえる」なんて
すごいことは、そうそう　ない。
それに、だれにも　みえない「おじさん」が
みえるってことは、だれにも　みえない「ようせい」や
「こびと」だって、そのうち　みえるかもしれない。

でも……。
ママは　「きもちわるい。」と　いったし、
ももかちゃんは　「みえなくて　よかった。」と　いう。
わっこちゃんは、ちょっと　かなしくなった。
　ふーっと　いきを
はきだすと、
まどガラスに
おでこを　つけて
つぶやいた。
「もう、だれにも、
ぜったい　いわない……。」

けれど、そのあと　わっこちゃんは、二《に》ねんせいに
なるまで、だれにも　みえない「おじさん」に
あうことは　なかった。
　はやしで、きらきら　ひかる　こもれびの　なかを、
こびとが　はねるのを　みたきがしたことは、ときどき
あった。でも、だれにも　みえない「おじさん」は、
あれきり　みかけることも　なく、わっこちゃんも
だんだんと、おもいださなくなっていった。

　そのあさ、わっこちゃんは、しゅうだんとうこうの
しゅうごうじかんに　ちこくした。

むかえにきた　六《ろく》ねんせいの　はんちょうさんに、
ママは　あやまり、わっこちゃんを　おこった。
「もう、はやくしなさい！
二《に》ねんせいに　なっても　ちこくばっかり。」
ママに　せきたてられて、ランドセルを　せおうと、
「まって　まって、ひとりは　だめよ。
ママも　いっしょに　いかないと。」
と　いう　ママを　おいて、わっこちゃんは
かけだした。
けれど、もう　どんなに　はやく　はしっても、
みんなには　おいつけない。

それで、わっこちゃんは
ちかみちを　いくことに
した。
「あさやけコーポ」の
うらにわを　ぬけ、
「ふくふくようちえん」の
はやしの　なかを
とおっていけば、ふつうに
つうがくろを　あるくより、
ずっと　がっこうには
はやく　つく。

ところが、その　はやしの　みちを　せっせと、
まんなかへんまで　あるいていった　ときだった。
　ぷしゅーっ、と、きいたことのない　おとが
きこえたのだ。
　わっこちゃんは　たちどまって、あたりを　みまわした。
　そして　みみを　すましていると、こんどは、
くうん……と　はっきり　きこえて、そのあと、
わん……とも、うおん……とも、おもえる　こえが　した。
「こいぬ？」
と、わっこちゃんは　めを　かがやかせた。
　そして、そのあと　すぐに、はっ……と、もっと

うれしくなって　くちを　おさえた。
（もしかしたら……
たぬき？
いやいや、もしかしたら、
はくびしんかも!?）
と、こいぬより　すごいものが、
つぎつぎ　あたまに
うかんだのだ。
と　いうのも、どっちも
パパが、まえに　ここで
みかけた、と　いっていたから。

もう　「はくびしん」なんて、わっこちゃんには、
「あかなめ」「ぬらりひょん」と　おなじく、おばけか
ようかいの　なまえとしか　おもえない。
でも、それは　ほんとうに　いて、たぬきっぽくて、
おしろいを　ぬったように　はなすじが　しろくて、
きのぼりも　とくいらしい。
（そういうものが　そこに　いる……。）
そう　おもったとたん、わっこちゃんの　こころは
それで　いっぱい。
ちこくも　がっこうも、ぽいっと
はじきだされてしまった。

こころを　しずめるために
しんこきゅうを　くりかえし、
わっこちゃんは、そろりそろりと
こえの　したほうへ　ちかづいた。
しげった　ヤツデの　したに、
くろっぽい　かたまりが　みえる。
「わっわっわっわっ。」
と、こえが　でそうに
なるのを　ひっしで　こらえ、
また　しんこきゅうを
一《いっ》かい　した。

そして　しゃがんで
てを　のばし、そうっと
ヤツデのはっぱを
めくった。
　そのとたん……。
「ひっ。」
と、わっこちゃんは
いきを　のんだ。
　しりもちを　ついて、
大《おお》いそぎで　あとずさり、
こえも　だせずに

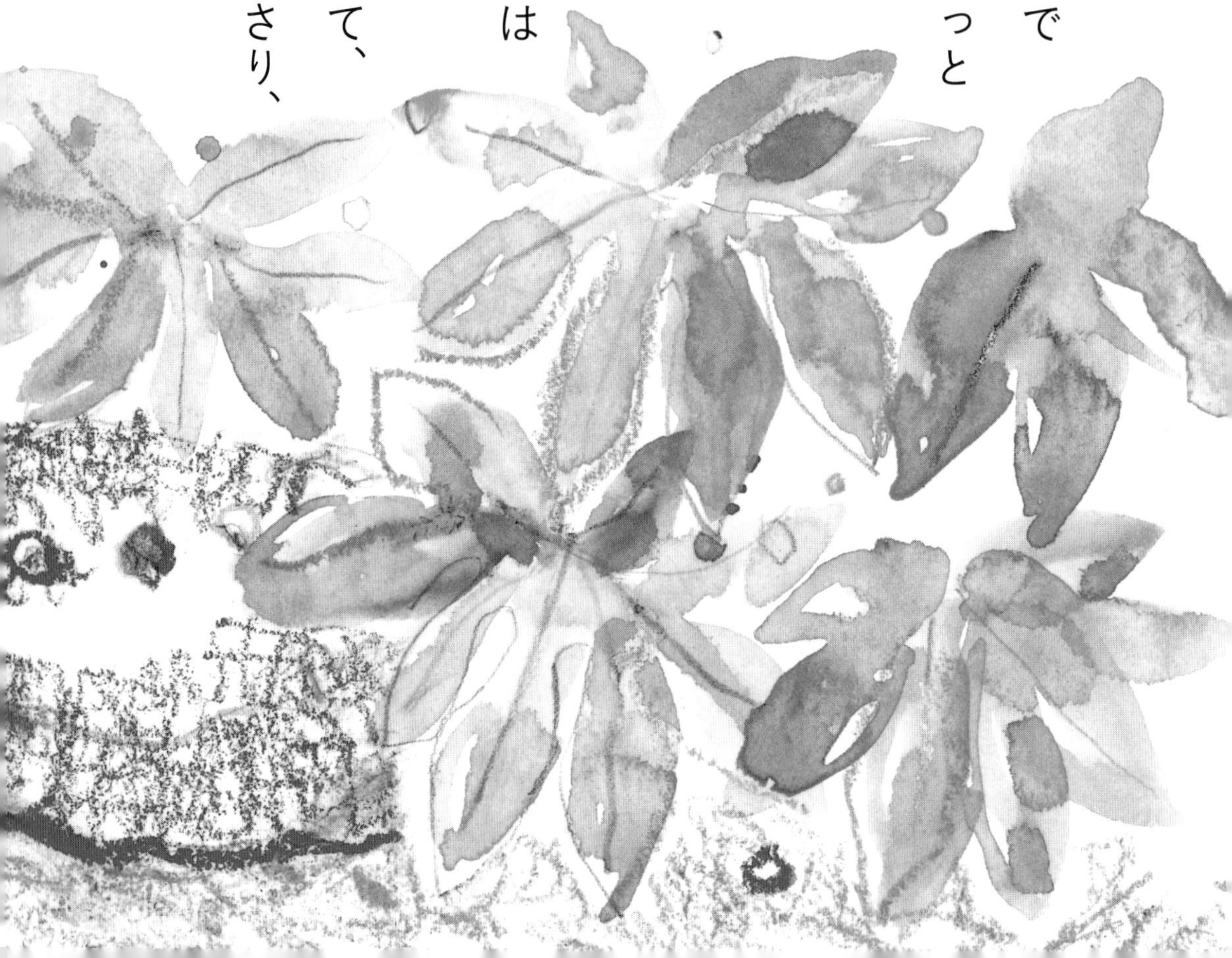

じっと　みつめた。
だって、そこに
いたのは、たぬきでも、
はくびしんでも
なかった。
　ひょろひょろと
ても　あしも　かみも
ながい　おじさんが、
ばったりと
ひっくりかえって
いたのだ。

そして、すうう、すうう、と　ねいきを　たて、
ときどき、「ぷしゅー。」と　いったり、「んうー。」と、
へんなこえで　うなったりする。
（こわい……。でも、ちょっと　おもしろい。）
わっこちゃんは　おじさんの　まわりを
うろうろした。
そして　ながい　えだを　ひろうと、すぐ
にげられるように　きょりを　とって、ぐっと　うでを
のばして、ちょん、と　おじさんの　くたびれた
くつのうらを　えだのさきで　つっついてみた。
すると……。

「ぷうー。」
と、おもってもみない　こえがした。
わっこちゃんは、びくん、と　とびあがった。
ぴゅーっと　はしって、きの　うしろに　かくれた。

ほっとしたら
おかしくなって、
くく……と、くちを
おさえて　わらった。
それから　また
ちかづいて、もう一《いっ》かい、
ちょん、と、つついた。
すると　こんどは、
「きゅー。」
おじさんが　ないた。
これには　おもわず、

あはは、と　こえを
あげて　わらってしまい、
また、ちょん、と
やった　そのときだった。
のそ……と、
おじさんが
ねがえりを　うった。
こちらを　むいて
くびを　もちあげ、
ぼうっと　めを
ひらいた。

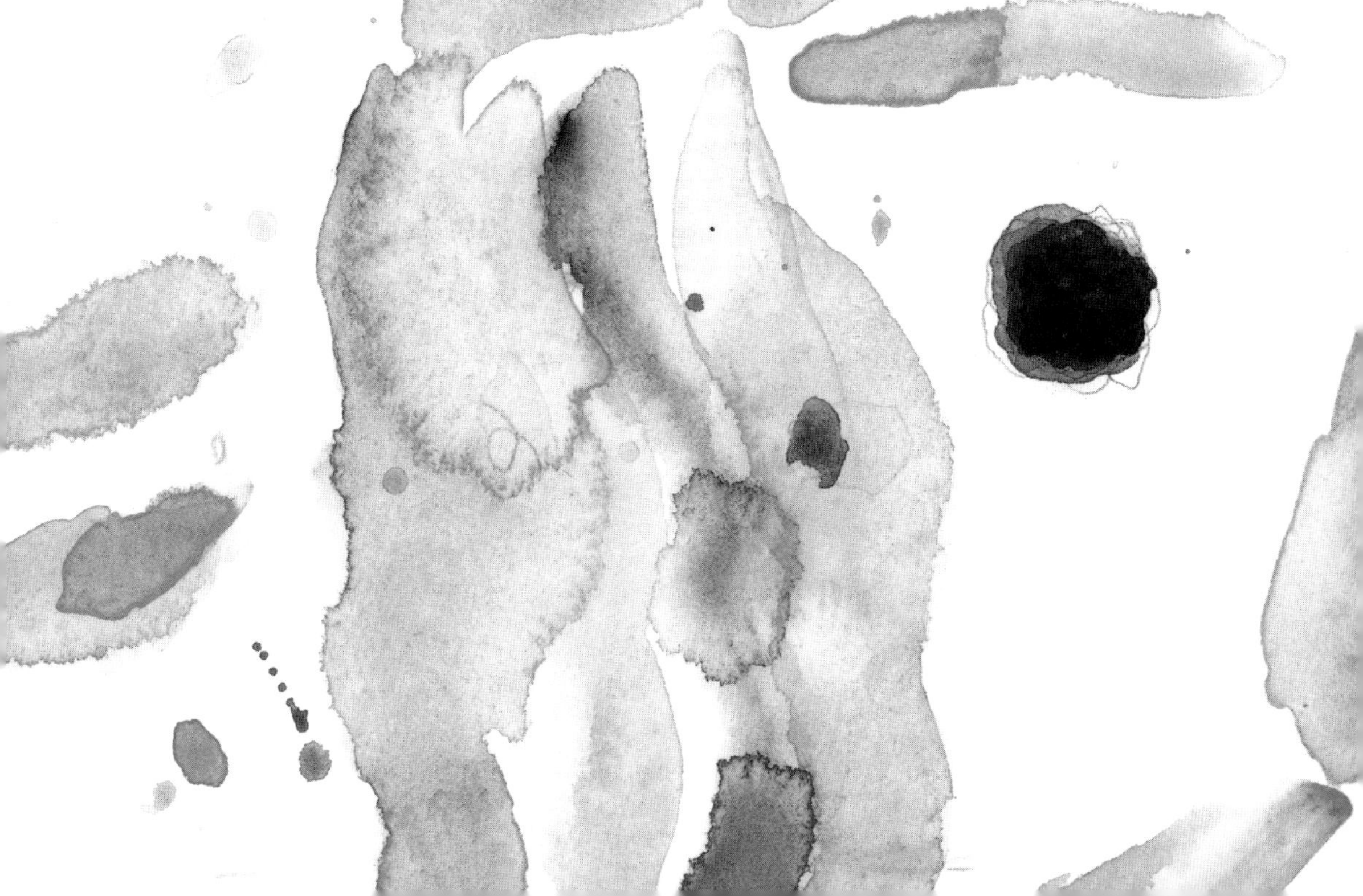

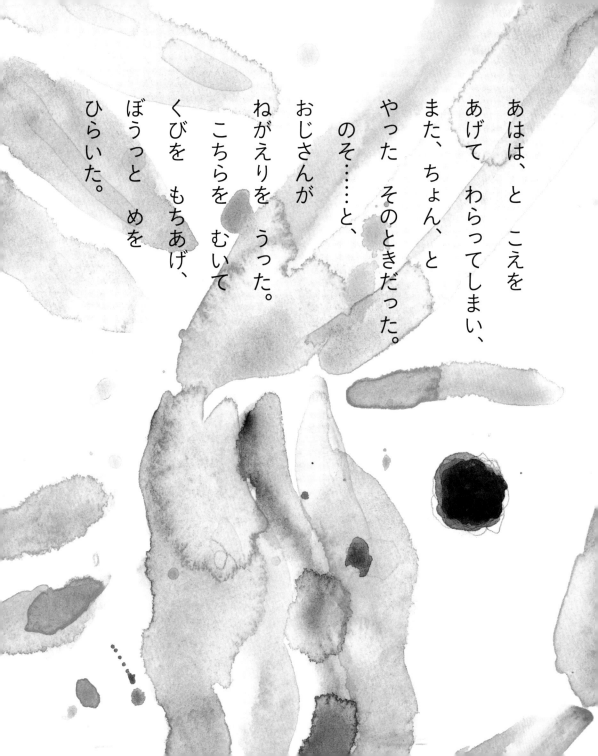

とたん　わっこちゃんは、いきを　のんで　かたまった。
なぜって、それは、おじさんの　かおが、とても
きれいだったから。
もさもさの　かみと、ひげに　かこまれた　そのめは、
おもってもみないほど　すんで　おおきく、はなは
すらりと　たかかった。
すると　ふいに、おじさんは、その　きれいな　かおを
くしゃっと　ゆがめて　わらった。
めじりに　やさしい　しわが　いっぱい　よって、
のぞいた　まえ歯《ば》が　一《いっ》ぽん　かけていた。
それを　みたとたん、わっこちゃんの　あたまのなかで、

郵便はがき

おそれいりますが切手をおはりください。

103-0001

〈受取人〉

東京都中央区日本橋小伝馬町9-10

株式会社 理論社

読者カード係 行

お名前（フリガナ）

ご住所 〒　　TEL

e-mail

書籍はお近くの書店様にご注文ください。または、理論社営業局にお電話ください。

代表・営業局：tel 03-6264-8890　fax 03-6264-8892

理論社

http://www.rironsha.com

ご愛読ありがとうございます

読者カード

●ご意見、ご感想、イラスト等、ご自由にお書きください。

●お読みいただいた本のタイトル

●この本をどこでお知りになりましたか？

●この本をどこの書店でお買い求めになりましたか？

●この本をお買い求めになった理由を教えて下さい

●年齢　　　歳　　　●性別　男・女

●ご職業　1. 学生（大・高・中・小・その他）　2. 会社員　3. 公務員　4. 教員
5. 会社経営　6. 自営業　7. 主婦　8. その他（　　　　）

●ご感想を広告等、書籍のＰＲに使わせていただいてもよろしいでしょうか？
（実名で可・匿名で可・不可）

ご協力ありがとうございました。今後の参考にさせていただきます。

ご記入いただいた個人情報は、お問い合わせへのご返事、新刊のご案内送付等以外の目的には使用いたしません。

パッと　フラッシュが　ひかった。
ようちえんのときに、えきで　あった、あの　だれにも
みえない　「おじさん」だ、と　おもったのだ。
けれど、わっこちゃんは　にげだした。

かってに　あしが　うごいて　はしり、びゅうびゅう
もうスピードで　かけつづけ、きがついたら　がっこうに
いた。
わっこちゃんは、おおきく　かたで　いきを　しながら、

くつばこの　まえで　どきどきしていた。
あまりに　とつぜんの　できごとに、どうしたら
いいか　わからなくて　にげてしまった。
でも　ほんとうは、ききたいことが　いろいろ　あった。
わっこちゃんは　こうかいした。
すぐにも　はやしへ　もどりたくて　じりじりした。
でも、そんなわけには　いかないから、きょうしつに
はいって　つくえに　すわった。
はやく　おわれ、はやく　おわれ、と、
じゅぎょうちゅうも　やすみじかんも、ずーっと
おもいながら　すごした。

こくごのじかん、となりのせきの
もんまくんが、じろじろ　みるので、
「なに?」
と　きいたら、
「それ……、なんだよ?」
と、あごで　ノートを
さして　いわれた。
みると　わっこちゃんは、
じぶんでも　しらないうちに、
だれにも　みえない
「おじさん」のかおを

かいていた。
「なんでもない。」
と、いそいで　かくしたら、
もんまくんに　ノートを
ひっぱられた。
「やめてよ。」
と、わっこちゃんが
おこったら、
「そこ、しずかにしなさい。」
と、せんせいに
しかられてしまった。

そのあとも、もんまくんは、なんだか　じろじろ
わっこちゃんのことを　みていたけれど、わっこちゃんは
しらないふりを　した。
そして　わっこちゃんは、かえりのかいが　おわると
すぐに、ろうかへ　とびだし、はしりながら
ランドセルを　せおい、ちょうとっきゅうで　くつを
はきかえた。
「こらー、ろうかを　はしるな――！」
と、しょくいんしつから　せんせいが　でてきたときには
もう、わっこちゃんは　こうていを　かけぬけて、
こうもんのそとの　おうだんほどうを　わたっていた。

そして　はやしに　ついて、このへんだったかな……と、
しげみのなかに　はいっていくと、ぱきっと　えだの
おれるような　おとが　きこえた。
わっこちゃんは　いきを　つめて　あたりを
みまわし、そろそろと　おとのしたほうへ
あるいていった。

かぜが　ふいて、さっと　ひかりが　さしこんだ。
すると、ふいに　あたまのうえで、
「もう　いないよ。」
と、こえがした。
わっこちゃんは　びくん、と　ふるえて　たちどまった。
そして　かおを　あげたとたん、あんまり　おどろいて
ころびそうになった。
なぜって、めのまえの　きのうえに、もんまくんが
すわっていたから。
「もんまくん!?　なんで　いるの？」
それには　こたえないで、もんまくんは　いった。

「おれ、はやしのなか、
ぜんぶ　さがした。けど、
どこにも　いなかったよ。」
わっこちゃんは、
ようじんぶかく　まゆを
ひそめて　ききかえした。
「……だれが？」
「アーメンさまだよ。」
と　いうと、もんまくんは
ポケットから　しかくい
カードを　とりだした。

そして　かみひこうきを　とばすみたいに　うでを
たかく　あげて、すいっと　わっこちゃんに　なげて
よこした。
うけとって　みると、そのカードには、ひきずりそうに
ながいふくを きたおじさんが、すわっている ひとたちに
なにか　はなしている　えが　かいてあった。
そして、その　えのおじさんは、あさ、ここに　いた、

「だれにも　みえない　おじさん」に、ちょっと
にている。
「これ、なに？」
わっこちゃんが　きくと、もんまくんの　かよっていた
ようちえんは、きょうかいのようちえんで、クリスマスや
おまつりの　たびに、こんなカードを　くれるのだと
おしえてくれた。

そして、もんまくんは　だまった。
したを　むいて、わっこちゃんに　せなかを　むけた。
それから、しずかな　こえで　べつのはなしを
はじめた。
「おれさあ、きょうの　あさ、おきて　すぐ、
ここに、きんたろう　うめにきたんだ。
おれんち、すぐそこの　だんちだから。」
「きんたろうって？」
「きんぎょ。でも　ただの　きんぎょじゃ　ないぞ。
すげえ　あたまよくて、おれが　よんだときだけ、
ぱくっと　くち　あけて　へんじするんだぜ。

すごいだろ。とっても　かわいかったんだ……。
でも、しんじゃった……。
だから、おれ、おはか　つくってたんだ。
そしたら　うしろから　『おい』って……。」

それで　ふりむくと、いま　もんまくんが　いる　きの
うえに、やせた　ひげの　おじさんが　すわっていて、
「ほら」と　たかい　そらを　ゆびさしたのだそうだ。
その　ゆびさきを　たどってみると、そこに　ぽっかり
ちいさな　あかい　くもが　うかんでいて、ほかのくもは
ながれていくのに、そのあかいくもは　うごかない……。

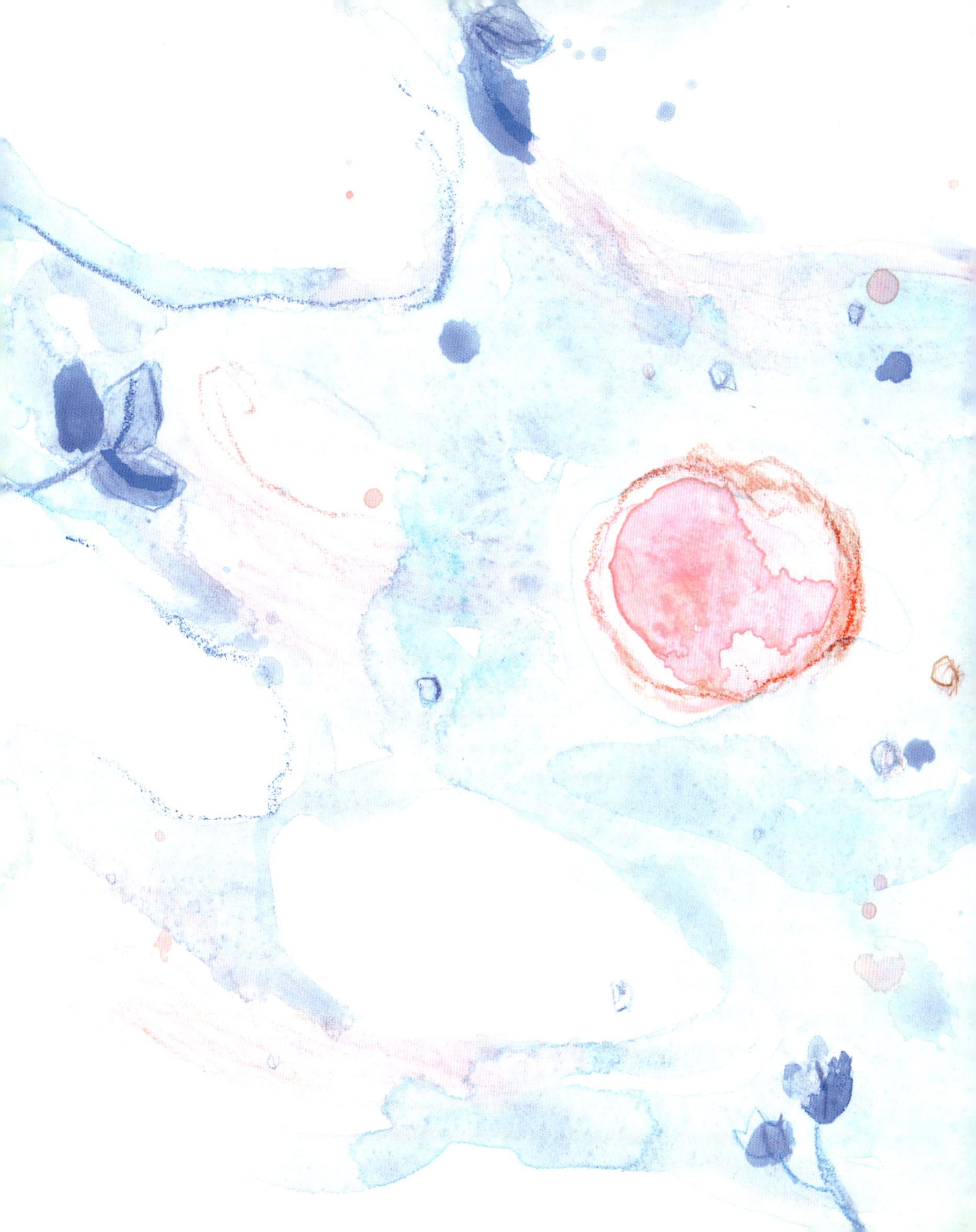

「おれ、すぐ　わかったよ。それが　きんたろうだって。」
もんまくんの　こえは　ちいさかった。
そして、はやしの　きれめに　ひろがった　あおい
そらを、じっと　みあげる　もんまくんの　かおは、
とても　かなしそうに　みえた。
きっと　もんまくんは、きんたろうの　おはかを
つくりながら　ないていたんだろうな。
そして　そのくもの　きんたろうを　みて、もっと
ないたんだろうな……と、わっこちゃんは　おもった。
きけば、「ないてない」って　もんまくんは　いうと
おもうけど、ぜったい　ないていたな、って。

すこしして、もんまくんは　また　はなしだした。

「そのあと　いえに　かえって、きがついたんだ。おれ、あのおじさん　しってるぞって。それで　カード　さがして　これ　みつけて、やっぱり　アーメンさまだって　わかったんだ。だって　そっくりだろ？　でも、かあさんも　にいちゃんも、だれも　しんじてくれなくて、はやしに　いっても、もう　いなくて。だけど、おまえ、え、かいてたろ？　あったんだよね？」

わっこちゃんは　うなずいた。

「アーメンさまだったよね？」

わっこちゃんは
くちごもった。
たしかに、カードのえと
ここで　あった
おじさんの　かおは、
ちょっと　にている。
でも、わっこちゃんは、
おじさんを　みたときに
かんじたのだ。
このひとは、「だれにも
みえない　おじさん」だって。

でも、もんまくんにも、「だれにも　みえない
おじさん」は、みえていたわけで……。
と　いうことは、わっこちゃんの「だれにも
みえない　おじさん」は、もんまくんの　いう
アーメンさまなのかしら？
わっこちゃんは　あたまが　ぐるぐるした。

でも、いまは　そんなことよりも、きんたろうが
いなくなって　さみしい　もんまくんに、
やさしくしてあげたいと　おもった。

「……でもさ、もんまくん、しってる？」

もんまくんを　まっすぐ　みあげて、わっこちゃんは　いった。

「あのおじさん、わらうと　めが　しわしわで、歯《は》が　一《いっ》ぽん、ないんだよ。」

「えっ!?」

もんまくんは、すごく　おどろいた　かおを　した。

「つつくと、『ぷー。』とか　『きゅー。』とか　いうんだよ。」

「えっ、つついたの!?」

「うん、えだで　ちょん、て。」

「ええっ、だめだよ。」

もんまくんは　きのうえから　ストッと　とびおり、
わっこちゃんに　かけよってきて　もう一《いち》ど　きいた。
「ほんとに　アーメンさま、えだで　つついちゃったの？」
「うん、つついちゃった。」

わっこちゃんが、くく、と　わらうと、
しかめっつらだった　もんまくんも、きゅうに　ぷっ、と
ふきだした。
　すると、すぽんと　せんを　ぬいた、びんの
サイダーの　あわみたいに、わらいが　あふれて
とまらなくなった。
「すげえなあ、おまえ。
でも　やばいぞ、かみさまだぜ、あはは。」
と、もんまくん。
「かみさまかなあ？　ははは。歯《は》、一《いっ》ぽん　ないのに？」
と、わっこちゃん。

もんまくんは、ランドセルから　えんぴつを　だして、
カードの　アーメンさまの　歯《は》を　一《いっ》ぽん　くろく
ぬりつぶした。

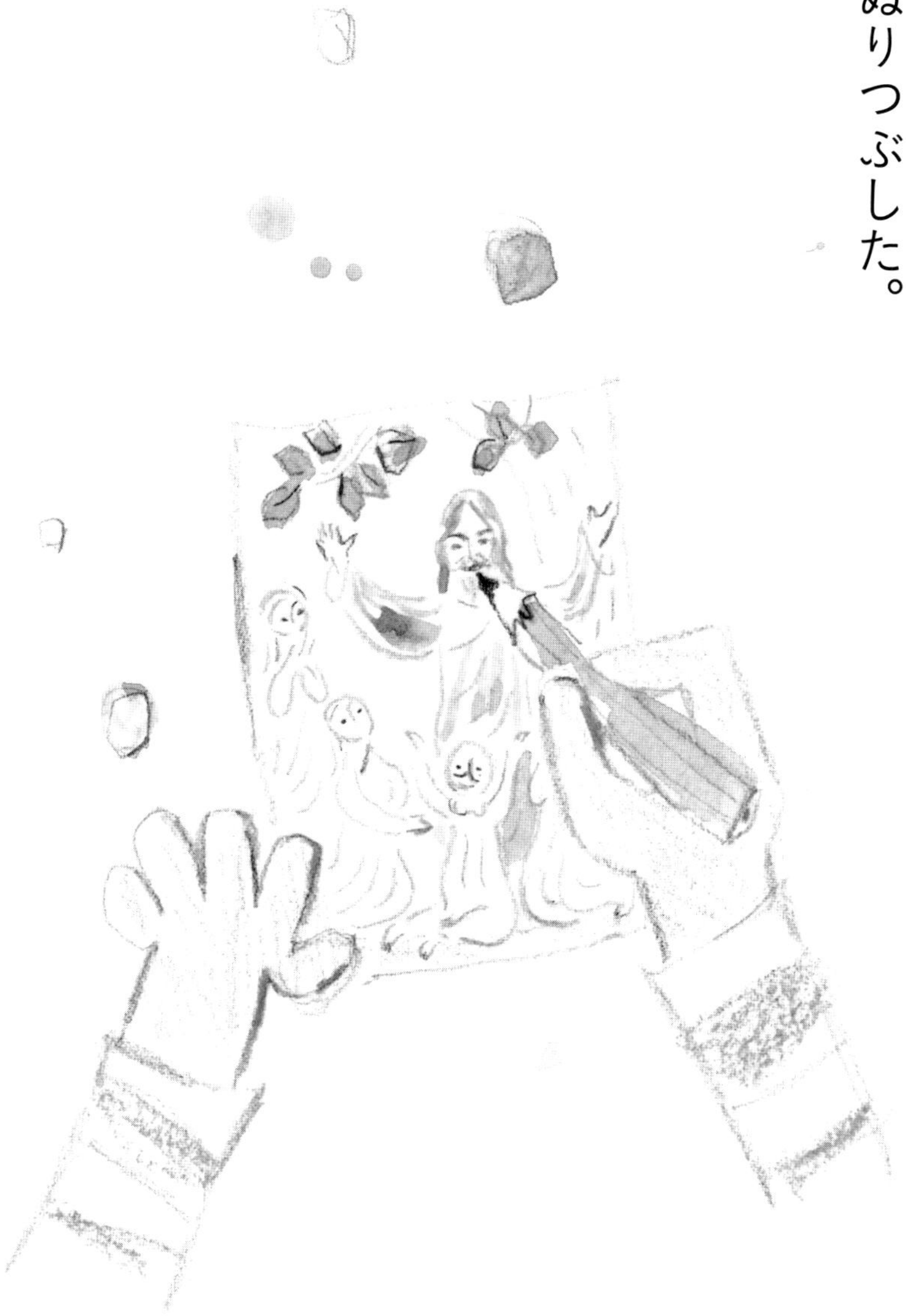

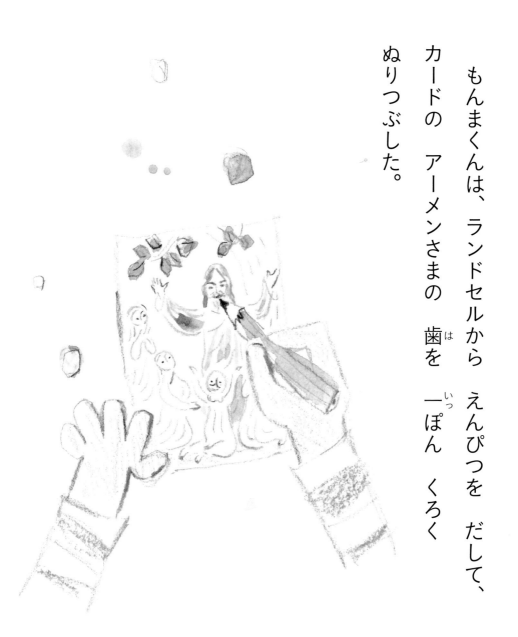

どうじに　ふたりは、わはっ、と　こえを　あわせて
ひっくりかえった。
「歯《は》っかけアーメンさまだ。」
「ほんと、歯《は》っかけアーメンさまだ。」
ふたりは、なんども　くりかえして　いい、おなかを
かかえて　わらって　わらって、ぐにゃぐにゃの
たこみたいに　なっても、まだ　わらった。

そして　きづくと、　おひるの　おひさまの　ひかりは、
ゆうがたに　かたむきだしていた。
はやしも　ざわざわ　ゆれだして、　わらいつかれた
ふたりは、　よいしょっと　たちあがった。
「よし、　じゃあ　かえるか。」
「うん。　ばいばい。」
「ばいばい。　また、　あしたな。」
「うん、　あしたね。」
ふたりは　てを　ふり、　それぞれに
あるきだした。

おおきく　うでを　ふりながら　そらを　みあげると、
かんじの「一《いち》」みたいな　ひこうきぐもが
ひかっていた。
わっこちゃんは　にっこり　わらって、ひこうきぐもに
うなずいた。
「うん、きょうは、一《いち》ばんのひだったよ。
いっとう一《いち》ばん、おもしろいひだったなあ。」

作　薫 くみこ（くん くみこ）
東京都生まれ。女子美術大学デザイン科卒業。『十二歳の合い言葉』で日本児童文芸家協会新人賞、『風と夏と11歳』で産経児童出版文化賞、『なつのおうさま』でひろすけ童話賞を受賞。ほかの作品に『あのときすきになったよ』『ハキちゃんの「はっぴょうします」』など、訳書に『わたしのいちばん あのこの1ばん』など多数。かわかみたかことの作品に「2年3組ワハハぐみ」シリーズがある。

絵　かわかみ たかこ（川上 隆子）
東京都生まれ。セツモードセミナー卒業。水彩画のほか、ガラス絵、板絵も制作発表している。1995年玄光社イラストレーション ザ・チョイス年度賞入賞。「とこちゃんの絵本」シリーズで、東京都理容生活衛生同業組合RIYO髪っぴー大賞受賞。ほかに『わたしのおへやりょこう』『のびのびのーん』『ひかりのつぶちゃん』『みかんちゃん』『こんばんは あおこさん』など作品多数。

※本作品は「飛ぶ教室」（41号／2015年・春／光村図書出版）掲載の作品に大幅に加筆修正し書籍化したものです。

歯っかけアーメンさま

2018年1月　初版
2018年1月　第1刷発行

作　者　　薫 くみこ
画　家　　かわかみ たかこ

発行者　　内田 克幸
編　集　　郷内 厚子
発行所　　株式会社 理論社
〒103-0001
東京都中央区日本橋小伝馬町9-10
電話　03-6264-8890（営業）
　　　03-6264-8891（編集）
URL　http://www.rironsha.com

デザイン　栗谷川 舞（STUBBIE DESIGN）
印刷・製本　図書印刷

ISBN978-4-652-20243-2　NDC913　21cm×18cm　63p